LES DANGERS

DE L'INHUMANITÉ

———

6e SÉRIE IN–18.

Υ^2

LES DANGERS

DE

L'INHUMANITÉ

PAR

LE PAPA BRONNER.

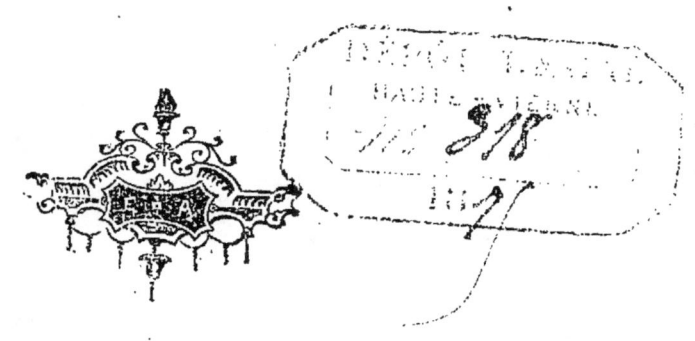

LIMOGES

EUGÈNE ARDANT ET Cⁱᵉ, ÉDITEURS.

LES DANGERS
DE L'INHUMANITÉ.

Charles Blinval était un petit garçon rempli d'intelligence et d'esprit ; il avait onze ans à peine, et cependant il était déjà fort instruit pour son âge : c'est qu'il s'était fait de l'étude un plaisir.

Mais Charles avait un défaut, et ce défaut ternissait toutes ses bonnes qualités : il était impérieux, il voulait que tout allât selon ses goûts ou ses caprices ; ce malheureux penchant à la domination, il le développait partout où il se trouvait, tant avec ses camarades

qu'avec les domestiques, qu'il traitait
surtout avec un mépris, une hauteur,
une arrogance vraiment insupportables.

M. Blinval voyait avec chagrin le
mauvais caractère de Charles, qui, chaque jour devenait de plus en plus arro-
gant, malgré ses fréquentes observa-
tions; il le prit enfin en particulier, et
lui dit : « Mon fils, je m'aperçois qu'il
faut que je renonce à l'espoir de vous
corriger de votre humeur altière; ce
matin encore, j'ai été témoin de votre
conduite avec Prosper, parce qu'il ne
vous avait pas apporté sur-le-champ ce
que vous lui demandiez; vous vous
êtes oublié même jusqu'à le frapper;
vous devez bien vous persuader que je
ne saurais tolérer plus longtemps de
semblables excès : puisque vous avez

dédaigné mes conseils, puisque mes reproches et mes plaintes n'ont pu vous corriger, je ne veux plus vous garder près de moi; dès demain, vous partirez pour le collége, et vous y resterez jusqu'à ce que votre caractère soit entièrement changé. »

Cet ordre sévère fut comme un coup de foudre pour le pauvre Charles; il aimait tendrement son père, et ne pouvait conséquemment soutenir l'idée de s'en séparer.

— Mon cher papa, s'écria-t-il les larmes aux yeux, de grâce ne me renvoyez pas, je vous promets de me corriger.

— Vous me promettez, dites-vous, et combien de belles promesses ne m'avez-vous pas déjà faites! vous n'en avez tenu aucune, je ne veux plus être trompé.

— Papa! mon papa! reprit Charles en se jetant à ses pieds, je vous en conjure, gardez-moi huit jours encore; si d'ici-là je ne suis pas changé, vous pourrez alors m'envoyer au collége.

— Eh bien! soit, j'y consens, dit M. Blinval attendri; je veux bien me laisser fléchir pour cette fois encore; mais ce délai que tu me demandes une fois expiré, si ton caractère n'est pas totalement changé, je n'écoute plus rien, et nous nous séparons.

A ces mots, Charles se précipite au cou de son père et l'embrasse tendrement.

— Considère un peu, Charles, poursuit M. Blinval, le tort que tu te fais dans l'esprit de tous ceux qui éprouvent les effets de ton mauvais caractère. Quel droit as-tu de maltraiter des domestiques? es-tu leur maître? et quand même cela serait, ta conduite n'en serait pas plus excusable. Sais-tu dans quelle position le sort peut te placer un jour? et si tes mauvais procédés t'ont aliéné tous les cœurs, quels amis trouveras-tu dans l'adversité! Je vais te raconter un fait dont j'ai été pour ainsi dire le témoin; il te prouvera que ceux qui abusent du malheur de leurs semblables pour les abreuver de mépris et d'humiliations, reçoivent presque toujours le châtiment de leur arrogance ou de leur cruauté.

« J'ai connu, dans ma jeunesse, deux riches négociants, MM. Dormeuil et Linas; ils possédaient de grandes plantations de cannes à sucre, à la Martinique. Leurs affaires exigeant leur présence dans cette île, ils furent obligés de s'embarquer avec leur famille pour l'Amérique.

» M. Linas avait un fils âgé de douze ans, qui se nommait Alphonse; bon, doux, affable envers tout le monde, il était la joie de son père, et se faisait chérir de tous ceux qui le connaissaient.

» Frédéric, au contraire, fils de M. Dormeuil, avait un caractère tout opposé. Croyant, comme toi, que tout devait céder à sa volonté, il exerçait de mauvais traitements sur les malheureux nègres de l'habitation de son père; au reste, il était encore bien moins coupable que toi, car il avait continuellement devant les yeux ce funeste exemple, son père l'ayant malheureusement élevé dans des principes de fierté et d'orgueil qui ne pouvaient que lui corrompre le cœur.

» Il n'y avait que six mois que MM. Dormeuil et Linas étaient fixés à la Martinique, et autant le caractère dur et sévère du premier, l'arrogance et la méchanceté de son fils, les faisaient haïr universellement, autant la bonté, la justice et l'affabilité de M. Linas et d'Alphonse les faisaient chérir. Les nombreux esclaves de l'habitation auraient donné leur vie pour leur jeune maître. En effet, il ne lui arriva jamais de leur faire sentir leur malheur : il s'efforçait, au contraire, et autant que possible, d'adoucir leur sort.

» Frédéric se conduisait bien différemment : il ne se passait pas de jour qu'il ne fît punir un de ses nègres pour des fautes imaginaires; et comme toi, bien souvent aussi, il s'emportait jusqu'à les frapper.

» A cette époque, les nègres de la Martinique se révoltèrent; la tyrannie de quelques colons, semblables à M. Dormeuil, fut la cause de cette rébellion; alors ils commirent des excès inouïs, et massacrèrent tous les blancs dont ils avaient à se plaindre; quoique je sois loin d'excuser ces terribles représailles de la part des nègres, je te dirai que les Européens s'y exposeront toujours tant qu'ils n'agiront pas avec plus de justice envers des malheureux qui, privés des lumières de la civilisation, n'écoutent, une fois révoltés, que les transports d'une vengeance aveugle.

» La consternation et l'effroi se répandirent bientôt dans toute l'île; en vain les colons qui avaient commis des injustices voulurent cacher leurs trésors et s'enfuir; plusieurs furent ar-

rêtés ; les nègres se transportèrent dans leurs plantations et y mirent tout à feu et à sang. M. Dormeuil lui-même fut massacré, et son fils, malgré sa jeunesse, subit le même sort ; leur habitation fut pillée et brûlée ; il n'en resta plus que des ruines.

» M. Linas, au contraire, que sa justice avait fait respecter, que ses vertus avaient fait chérir, ne fut point inquiété. Bien loin de lui vouloir du mal, tous ses nègres se seraient plutôt fait tuer pour le sauver. Il demeura donc à la Martinique, où sa plantation prospère tous les jours. Il jouit encore aujourd'hui d'une heureuse vieillesse : son fils est à la tête de sa maison, qu'il conduit avec une sagesse et une équité qui le rendent cher à tous ses voisins. »

Cette terrible anecdote produisit le

plus grand effet sur Charles; il embrassa son père et lui fit serment de changer, dès ce jour même, de conduite. Il a tenu parole, et son père n'a plus qu'à se louer maintenant de son excellent caractère.

——— ———

UNE RUDE LEÇON.

André, petit enfant de sept ans, ne se plaisait qu'à tourmenter les animaux et à les faire souffrir. Il aimait à les voir palpiter sous les coups, et leurs cris douloureux lui causaient une joie féroce.

Les enfants de son âge avaient beau lui faire honte de cette manie cruelle qui annonçait le plus mauvais cœur, il ne s'en corrigeait pas; bien plus, même, elle ne fit que se fortifier avec l'âge : quand il fut devenu plus grand et plus fort, il se mit à battre aussi les petits garçons et les petites filles. Son plus grand bonheur était de les faire pleurer.

Passant un jour devant la maison d'un paysan, il vit près de la porte deux petits moutons attachés par les pieds. Il ne manqua pas de s'en approcher pour leur faire du mal; il se mit à leur tirer la laine, à leur donner des coups de pied, et les pauvres bêtes s'agitaient convulsivement dans leurs liens. André, qui se croyait seul, était au comble de la joie, quand un homme,

caché derrière la porte, s'élance tout-à-
coup sur lui, le saisit par les cheveux
et le secoue si rudement qu'il en est
tout étourdi. La douleur lui arrache des
cris affreux.

— Ah! ah! dit le paysan, cela te fait
mal et tu n'aimes pas à souffrir. Pen-
ses-tu donc que ces pauvres animaux
ne souffraient pas aussi quand tu les
tourmentais?

Cette leçon était rude, mais André en
avait besoin, puisque toutes les répri-
mandes de ses parents et de ses maî-
tres n'avaient pu le corriger de sa
cruelle habitude. Depuis ce moment il
se garda bien de faire souffrir aucun
animal et de tourmenter les petits enfants.

LES PETITS SOLDATS

M. de Méreuil habitait une ville de province avec sa femme. Léon, son fils, était un enfant aussi orgueilleux qu'indocile. Il faut bien avouer que sa maman avait trop de faible pour lui : « Il est si jeune, disait-elle! peut-on, à sept ans, savoir ce qu'on fait? » M. de Méreuil ne pensait pas, à cet égard, comme sa femme, mais il ne pouvait attaquer ouvertement ses vilains défauts sans faire ressortir, aux yeux de Léon, l'extrême indulgence de sa mère.

M. de Méreuil attendait donc patiemment que l'âge plus avancé de Léon lui permît de le prendre entièrement sous sa tutelle; toutefois avait-il soin de ne pas souffrir que ses domestiques montrassent trop de complaisance pour les défauts de leur jeune maître.

Qu'arriva-t-il? Léon, ne trouvant plus personne de la maison disposé à se plier à ses volontés, se dédommagea sur les jeunes enfants du voisinage, qui, ne connaissant pas d'abord le petit Monsieur, demandaient la permission de venir jouer avec lui.

Dieu sait s'ils en étaient bientôt las! M. de Méreuil, pour obvier à ces inconvénients, pria, un beau jour, fort honnêtement ses voisins de garder leurs enfants chez eux.

Léon se vit donc réduit à jouer tout seul. Quelle existence pour un orgueilleux! A qui pourra-t-il commander? A qui pourra-t-il faire essuyer ses caprices?

Monsieur ne faisait plus que bouder, tout le long du jour. Un matin, entre autres, qu'il boudait, suivant sa louable habitude, il entend le son d'une caisse et les cris d'une troupe d'enfants, assemblés sur la place, qui jouaient à l'armée comme des bienheureux.

Notre petit boudeur avait le nez collé sur les vitres; ses yeux étincelaient du désir qu'il éprouvait de se mêler à la bande joyeuse.

— Je voudrais bien aller jouer à l'armée, dit-il enfin à sa mère.

— Non, mon ami, répond celle-ci, un enfant bien élevé ne doit pas courir ainsi les rues.

— Pourquoi donc, ma bonne amie,

reprend M. de Méreuil, priver Léon d'un plaisir aussi naturel? Ici, comme en beaucoup d'autres villes de province, ces sortes de jeux ne tirent pas à conséquence; et puisque ton fils n'a pas su se conserver d'amis dans la maison, peut-être en trouvera-t-il au-dehors.

Jamais madame de Méreuil n'avait vu son mari si bien disposé en faveur de son fils. La permission fut donc octroyée. Léon descend, emportant dans son tablier force noix et raisins que sa maman lui donne pour fraterniser avec ses nouveaux camarades.

Il ne faut pas demander s'il fut bien reçu au quartier-général. Il débuta par postuler le rang de simple colonel. Ce titre lui fut accordé, grâce à ses friandises.

La première journée se passa on ne peut mieux, et Léon revint chez ses parents tout glorieux de sa promotion. Pour paraître le lendemain dans un appareil plus digne de son grade, il se fit faire un chapeau avec une feuille de papier de couleur, puis des glands, des épaulettes et autres insignes en papier doré : la maman lui fit même présent d'une épée de bois.

A l'aspect de leur colonel ainsi décoré, les officiers s'inclinèrent respectueusement devant... le tablier qui contenait les provisions accoutumées. On mangea d'abord, on joua ensuite, et plusieurs jours s'écoulèrent de la sorte.

Mais les officiers étaient des gourmands qui gardaient tout pour eux. Les soldats, qu'on n'admettait pas aux dînettes, s'ennuyèrent de demeurer oisifs pendant que l'état-major se divertissait si bien aux dépens de l'amour-propre de son colonel. Le mécontentement éclata enfin dans les rangs.

Quelques officiers, amis de l'ordre, voulurent en vain réprimer l'insubordination; on leur répondit qu'ils étaient de vilains gourmands, qu'ils mangeaient tout sans rien donner à personne : ce à quoi M. Léon répliqua fièrement que les officiers ne devaient pas faire table commune avec les soldats.

Aussitôt un grenadier, à qui sa taille, son bonnet de carton et ses longues moustaches noires, tracées avec un bouchon de liége, donnaient un air menaçant, s'avance et apostrophe ainsi le colonel :

— Il n'y a point d'officiers qui tiennent; si les mieux habillés voulont tou-

jours être les générals... eh bien! j'leus
y fiche des tapes, moi.

Léon, piqué au vif de cette résistan-
ce, traite notre grenadier avec mépris,
se moque par-dessus tout de son lan-
gage, qui n'était, il est vrai, ni très
élégant ni très correct. Les gros mots
s'ensuivent; bref, le superbe Léon se
laisse emporter par la colère jusqu'à
frapper le grenadier de sa redoutable
épée. Mais celui-ci, sans perdre de
temps, saute à bras raccourcis sur son
supérieur, déchire impitoyablement le
chapeau de papier, arrache les épaulettes dorées, et, tirant de dessous son gi-
let son sabre de bois, éconduit hors du
camp, à coups de plat de sabre, le
pauvre colonel, qui se sauve alors en
pleurant.

Voyant Léon bien et dûment dégradé, les officiers, en adroits politiques, se tournent contre lui, lui donnent tous les torts imaginables; c'est lui qui leur inspirait toutes ces idées d'orgueil et de fierté... Au fait, ils n'avaient plus de frandises à espérer de ce petit vaniteux.

Cependant Léon est rentré tout furieux à la maison, sans penser que, de la fenêtre de son cabinet, son père avait tout vu et qu'il riait sous cape de sa mésaventure.

— Que t'a-t-on fait, mon cher enfant? demande avec inquiétude madame de Méreuil.

— Maman, répond Léon en pleurant amèrement, ils m'ont battu.

— Ah! mon Dieu, et où t'ont-ils fait mal?

— Nulle part, interrompt le papa en

survenant; Léon n'a reçu que des coups de latte sur l'épaule, et cela ne fait pas mourir. Au reste, voilà tout ce que je désirais pour lui; peut-être se corrigera-t-il de son penchant à la domination.

Puis, s'adressant à Léon, il ajouta d'un ton plus sévère :

— Il sied bien à un marmot de votre espèce de vouloir imposer sa volonté à tout ce qui l'entoure; vous avez enfin trouvé votre maître; vous croyez donc qu'on ne puisse se passer de votre petite personne? Regardez vos camarades! Ils s'amusaient sans vous, ils s'amusent encore. Ah! mon fils, la semaine qui vient de s'écouler sera pour vous l'image de toute votre vie, si vous ne changez pas. Voilà comment sont les orgueilleux! Ils se croient supérieurs à

2

chacun, ils dédaignent leurs semblables; aussi, devenus insupportables à
tout ce qui les approche, ils ne sau-
raient trouver, comme toi, qu'à force de
sacrifices, des faux amis qui les flattent
tant qu'ils sont riches, et les tournent
en ridicule dès qu'ils n'ont plus rien. Il
serait à désirer pour eux qu'ils rencon-
trassent, dès leur enfance, des gens de
l'espèce de ton grenadier, qui prissent
la peine de les corriger aussi bénévole-
ment. Demain, je te reconduirai moi-
même vers tes petits camarades, et j'ar-
rangerai les choses à l'amiable. Je veux
que tu continues de jouer avec eux;
c'est la seule punition que je t'inflige;
tu apprendras du moins la manière de
vivre en bonne harmonie avec tes semblables.

Le lendemain, Léon, qui n'aspirait

plus, comme on le pense bien, au commandement, reprit son rang dans l'armée, mais comme simple soldat; et, peu à peu les remontrances de son père le rendirent plus sociable.

M. de Méreuil avait bien raison. Il ne faut jamais se croire supérieur à personne ou penser qu'on se puisse passer de tout le monde. Si nos plaisirs ou nos intérêts nous mettent en rapport avec des gens d'une classe inférieure à la nôtre, comme ce n'est pas pour eux, mais pour nous que nous les recherchons, nous leur devons au moins quelques égards en échange des services qu'ils nous rendent. Les orgueilleux sont, en un mot, regardés partout comme des sots, et il n'y a vraiment pas de quoi s'enorgueillir d'une pareille réputation!

L'ENFANT CAPRICIEUX.

Les enfants ne doivent jamais avoir
de caprices, de volontés, de mouve-
ments de colère; ils doivent écouter
avec docilité tous les avis que leur donnent leurs parents, prendre à tâche
d'en profiter; car c'est pour leur seul
bien qu'on les reprend, qu'on les éclaire
sur les dangers auxquels les expose
leur inexpérience.

M. Dermont avait un fils dont il était
idolâtre. Lorsque le petit Gustave tom-
bait ou qu'il se frappait rudement contre quelque objet, alors son père accou-

rait alarmé et s'efforçait de le calmer, en lui demandant sur quoi il était tombé ou quoi c'était qui lui avait donné le coup dont il se plaignait. On allait chercher une verge et l'on en frappait l'objet qui, selon cet enfant, était l'auteur de son mal.

—Vilaine pierre, disait-il; comment! tu as fait tomber le petit Gustave! attends, je t'apprendrai à être plus circonspecte.

Ensuite il remettait la verge entre les mains de Gustave et l'engageait à exercer sa vengeance sur l'objet dont il était question : ce que Gustave ne manquait jamais de faire, en frappant à coups redoublés et avec colère sur le pavé ou sur la chaise qui l'avait fait tomber.

M. Dermont reconnut bientôt qu'il

2.

devenait nécessaire de réprimer un caractère aussi impérieux; il prévoyait
que pour peu qu'on le laissât faire,
Gustave finirait, en grandissant, par
briser les chaises, les glaces et les
meubles de la maison. Il se reprocha
sa bonté et se promit d'y mettre un
terme.

Quelques jours se passèrent sans qu'il
arrivât le moindre accident à Gustave;
mais, un matin, le petit obstiné ne vou-
lant pas écouter sa bonne, qui l'appe-
lait pour l'habiller, s'échappe de la
pièce en courant, et va, comme un
étourdi, donner de la tête dans une
porte de la chambre à coucher qui se
trouvait ouverte. Le choc fut si rude,
que l'enfant retomba du contre-coup sur
son derrière.

Il se relève avec une bosse au front

et en poussant des cris aigus. Vous croyez qu'il va retourner tout de suite vers sa bonne pour en obtenir quelques secours? Point du tout : oubliant la douleur cuisante qu'il ressentait, son premier mouvement est de se cramponner à la porte et de la battre des pieds et des mains.

M. Dermont, que les cris de Gustave avaient attiré, arrive au moment même où l'enfant faisait cette belle équipée.

— Courage, courage, s'écrie-t-il, mon ami, tu ne la bats pas encore assez fort.

Sans autre réflexion, Gustave s'acharne de rechef après la porte, et lui donne de nouveaux coups, en versant un torrent de larmes. Il frappait toujours de plus fort en plus fort, car sa colère ne faisait que croître toujours graduellement.

Soudain il se retourne vers son père, comme épuisé par ses efforts impuissants, et le regardant d'un air qui semblait lui dire :

— Tu t'es moqué de moi, papa : vois un peu mes mains, comme elles sont rouges, comme elles me cuisent; c'est moi qui me suis fait mal en frappant cette porte.

— Oui, sans doute, reprit M. Dermont, et c'est une petite leçon que tu méritais; c'est ce que je t'expliquerai plus tard : le plus pressé, pour le moment, est de respirer ce vulnéraire, et de te laisser mettre sur le front la compresse que te prépare ta bonne.

Gustave ne dit mot, respira le vulnéraire, et se laissa poser, par sa bonne, la compresse, non pas toutefois sans répandre encore quelques larmes, et regardant tour à tour à la fatale porte et ses pauvres mains toutes rouges.

Depuis ce jour, Gustave prit à tâche de se corriger de ses étourderies et surtout de ses petits accès de colère. Pendant quelque temps, il parut complètement guéri de ces vilains défauts; mais, en revanche, son esprit de mutinerie ne faisait que croître chaque jour, et il se montrait souvent très-obstiné.

M. Dermont possédait, dans un village aux environs de Paris, une fort jolie maison de campagne, il y passait régulièrement chaque été : de nombreux amis l'y venaient visiter et amenaient avec eux leurs enfants.

Un jour entre autres que nos marmots, au nombre de cinq, parmi lesquels deux petites filles, mettaient au pillage le jardin fruitier de Mathurine, qui riait de ce qu'elle voulait bien appeler leurs petites espiègleries, Gustave lui demanda la permission de visiter son poulailler et d'aller dénicher des œufs.

— Ah! pour ce qui est de ça, je vous le défends; les marches qui conduisent à mon poulailler sont si hautes et si dangereuses! votre pied n'aurait qu'à glisser, vous tomberiez et vous vous tueriez.

— Non, non, mère Mathurine, ne craignez rien, j'y prendrai bien garde...

En achevant ces mots, il prend par le bras Cécile, l'une des deux petites demoiselles dont nous avons parlé, et sort. Où va Gustave? précisément au poulailler. En vain Cécile, à son tour, lui répète la défense de la bonne paysanne.

— Regarde, dit-il à sa petite compagne, et vois comme il est difficile de monter là. En effet, il gravit les deux marches, et tout fier de cette belle prouesse, se met en devoir de dénicher les œufs; il en avait déjà remis à Cécile trois ou quatre, quand une poule, effrayée de sa présence, cherche à sortir du poulailler en battant des ailes. L'effroi de la pauvre bête amuse Gustave; il cherche à lui barrer le passage, s'agite à droite, à gauche, sur la marche où il se trouvait; enfin, au moment où il veut arrêter au vol la poule qui lui échappe, le pied lui manque, il tombe de toute sa hauteur sur la terre.

Les cris perçants de Cécile ont attiré Mathurine; quel spectacle s'offre à ses yeux! Gustave, étendu par terre, sans connaissance, et baigné dans son sang.

On porte le malheureux enfant chez son père, qui se trouvait en nombreuse compagnie.

On désespéra longtemps pour les jours de Gustave, non que la blessure qu'il s'était faite à la tête fût mortelle, mais une fièvre terrible s'était bientôt emparée de lui... Enfin il fut sauvé. M. Dermont lui fit alors les reproches les plus amers de son entêtement.

Gustave, bien payé pour reconnaître ses torts, jura que désormais on ne le reprendrait plus à désobéir et à satisfaire ses caprices.

FIN.

Limoges. — Impr. Eugène Ardant et Cie.